Jack de Ripper
Erika Sanders

# Korte inhoud

Tamara wist niet en zou ook nooit weten wat er daarna gebeurde.

Het enige wat ze zich herinnerde was de plotselinge, verblindende flits van zilver in het licht, een branderig gevoel in haar keel en haar hoofd dat werd opgetrokken door het haar.

En plotseling was het onmogelijk om te ademen.

Ze worstelde en probeerde zijn greep los te maken, maar ontdekte dat haar armen aanvoelden als loden gewichten en dat haar focus vervaagde...

# Opmerking over de auteur:

Erika Sanders is een internationaal bekende schrijfster, vertaald in meer dan twintig talen, die haar meest erotische geschriften, weg van haar gebruikelijke proza, signeert met haar meisjesnaam.

# Inhoudsopgave:

# JACK DE RIPPER
# ERIKA SANDERS

# HOOFDSTUK I

Tamara lag stil onder de man, sloot haar ogen tegen het zien van zijn verwrongen en lelijke gezicht, maar hield haar benen zo wijd mogelijk gespreid. Ze mocht niet klagen; hij was tenslotte schoon en had onlangs een bad genomen, dus zijn geur was niet het probleem. Het was zijn onderbuik. Ze had nooit moeten besluiten een dikke man mee naar bed te nemen, maar $ 400 dollar was te veel om te laten liggen. $400 dollar, zonder zadel. Zijn ingewanden drukten tegen haar buik en ze vond het bijna onmogelijk om volledig en diep adem te halen. Daarnaast wreven zijn schaamhaar haar klit rauw en het werd pijnlijk.

Ten slotte versnelde hij, beukte haar alsof zijn hele leven ervan afhing en beukte haar al pijnlijke gaatje totdat hij klaarkwam. Bij elke ejaculatie schoot hij omhoog, deed haar denken aan een walvis die uit het water springt en vier natte straaltjes later rolde hij van haar af, allebei snakkend naar adem.

Hij veegde zijn gezicht af en keek haar aan. "Je was goed."

"Eh, bedankt." Ze ging rechtop zitten en klopte op zijn deinende middel. 'Vind je het erg als ik je badkamer gebruik?'

'Helemaal niet. Doe het maar snel. Mijn vrouw komt zo terug.'

Tamara stond op en kneep haar benen stevig tegen elkaar om te voorkomen dat zijn waterige sperma naar buiten zou glijden. Ze slaagde erin het meeste erin te houden totdat ze op het toilet kon zitten en haar spieren kon gebruiken om het uit te drukken. Ze gebruikte een paar proppen wc-papier om de rommel op te ruimen, depte aan de binnenkant van haar benen en probeerde het kant aan de bovenkant van haar jarretelgordels en kousen te drogen. Niet slecht, dacht ze. Ze spoelde het toilet door en liep terug naar de hotelkamer, zich afvragend of ze een douche in haar kamer had. Misschien moet ik er nog wat halen op weg naar huis.

'Ga je morgen naar Essex?'

'Ik weet het niet. Misschien wel.' Tamara stak haar hand uit en schonk hem haar liefste glimlach toen hij vier biljetten van honderd dollar op haar handpalm legde. "Wil je nog een date?"

"Ja. Vind niet te veel hoeren die het zonder rubber doen."

Hoer. Ze haatte het woord, maar het beschreef wel wat ze was. Ze zuchtte en plakte de nepglimlach weer op. 'Nou, kom me maar opzoeken als je klaar bent.'

De zachte klap van de deur die achter haar dichtviel was geruststellend en Tamara liep zo snel mogelijk naar de lift. Ze passeerde een ouder echtpaar dat haar gemeen aankeek en trok onbewust aan de hoge zoom van haar plooirok, wetende dat het de babypopkousen en roze jarretels niet zou bedekken. De lift kwam en verdreef haar uit hun lijden en binnen enkele minuten stond ze weer op straat en ademde ze de frisse lucht van New York City in.

Tamara woonde bijna vier jaar in NYC en prostitueerde bijna even lang. Een toevallige ontmoeting in een busstation toen ze was weggelopen, had haar in contact gebracht met Torrance. Hij was altijd op zoek naar vers vlees en haar zestienjarige lichaam paste perfect bij zijn rekening. Een ander meisje, Julieta, had haar geleerd hoe ze het spel moest spelen en binnen de kortste keren verdiende Tamara geld, waarvan het meeste werd opgeëist door Torrance. Toen hij werd neergeschoten door een pissige meth-dealer, wendde ze zich tot Sellers, een andere pooier die een betere stal had. Ze verdiende meer geld met hem, maar hij eiste dat al zijn meisjes zonder zadel op klanten zouden rijden. In het begin had ze bezwaar gemaakt, gratis oraal gegeven en condooms erbij gebruikt, maar een van de onderduikers had geklaagd en een hevig pak slaag had haar van gedachten veranderd om hem weer over te steken.

Ze liep naar Essex en besloot de steeg terug naar het appartement van Sellers te nemen. Haar voeten waren kapot van haar en ze was kwaad dat Julieta haar oude zwarte fuck-me pumps had genomen zonder te vragen.

Verdomde kut! Ze zou een beter slot op haar deur moeten hebben. Verkopers zouden het waarschijnlijk voor haar regelen.

Een schaduw maakte zich los van een deuropening en ze bevroor in het midden van de stap.

"Goedeavond." De stem was laag en gecultiveerd met een Engels accent zoals David Bowie. "Ben je vrij vanavond?"

"Ik ben niet vrij, maar ik kan worden gekocht."

Hij kwam in het licht en ze glimlachte en bedankte iedereen die boven was dat hij lang, slank en knap was.

"Hoe veel?"

"Hangt ervan af wat je wilt."

"Ik wil dat je op mijn lul zuigt en mijn zaad doorslikt."

"Geen rubber?"

'Geen rubber. Wat kost het?'

"$ 300." Hij gebaarde dat ze hem moest volgen en ze gingen terug naar dezelfde slecht verlichte nis waar hij uit was gekomen. Hij begon meteen zijn broek open te ritsen. 'Geld eerst, professor.'

Toen hij eenmaal het geld had gevorkt en ze het had gecontroleerd en in haar portemonnee had gestopt, knielde ze op de vuile grond, wachtend terwijl hij zijn broek opende. Zijn pik kwam eruit, dik en hard en ze maakte een geluid van waardering toen ze ernaar reikte.

"Mooie lul. Weet je zeker dat je niet wilt neuken?"

'Ja. Ik weet het zeker.'

Tamara wist niet en zou ook nooit weten wat er daarna gebeurde. Het enige wat ze zich herinnerde was de plotselinge, verblindende flits van zilver in het licht, een branderig gevoel in haar keel en haar hoofd dat werd opgetrokken door het haar. Zijn pik verdween uit het zicht en plotseling was het onmogelijk om te ademen. Ze worstelde en probeerde zijn greep los te maken, maar merkte dat haar armen aanvoelden als loden gewichten en dat haar focus vervaagde.

Hij glimlachte en gebruikte haar haar, tilde haar hoofd op totdat zijn pik de brede incisie die hij in haar nek had gemaakt streek. Haar warme, spattende bloed bedekte zijn staf, waardoor de ingang glad en fluweelachtig werd. Perfect. Gewoon perfect. Hij duwde keer op keer, zijn lichaam trilde terwijl ze gorgelde en worstelde en hij vuurde zijn lading af, net toen ze haar laatste adem uitblies.

Perfect. Hij gooide haar opzij als het afval dat ze was en ritste zijn broek dicht, genietend van het gevoel van haar stroperige bloed dat door zijn schaamhaar druppelde en opdroogde op zijn testikels. Gewoon perfect.

# HOOFDSTUK II

Hoofdrechercheur Clarice Burton parkeerde haar ongemarkeerde auto aan de rand van het gele politielint, haalde haar schild tevoorschijn en stopte het in de zak van haar jas. De opnameambtenaar noteerde haar officiële status en liet haar passeren, terwijl ze haar ronde kont zag wegtrekken terwijl ze op weg ging naar de groep mannen in donkere pakken, van wie de meesten wegkeken toen ze dichterbij kwam. Het was 2004 en de hechte wereld van de beste detectives van New York City verbannen nog steeds vrouwen. Ze werd beschouwd als een inferieur wezen, hoewel ze het hoogste oplospercentage van de gemeente had.

Toch had Clarice Burton de dood door toedoen van een gewelddadige echtgenoot niet overleefd om zich door een paar mannen met kleine lullen te laten duwen. Haar partner, Tony Acosta, knikte haar respectvol, stak zijn handen in zijn zakken en keek ontdaan.

"Hallo jongens." Mario Andreotti en John Stevens mompelden begroetingen terwijl ze toekeken hoe ze door hun cirkel liep en op weg was naar het met het laken bedekte lichaam. Ze trok de deken terug en onderzocht de jonge vrouw, waarbij ze de diepe snee in haar nek opmerkte en de hoeveelheid bloed die haar levenloze lichaam omringde. 'Dus wat hebben we hier?'

De mannen wisselden blikken en Acosta verliet de kring, knielde op zijn hurken naast haar terwijl hij zijn notitieboekje pakte. 'Haar naam is Tamara Williams, 20 jaar. Ze is een prostituee die de site van Jamie Sellers verlaat. Ze is gevonden door Patrick Miller, de vuilnisman die daar staat.'

"Getuigen?"

"Niemand."

'Mist ze iets?'

'Niet dat we kunnen bepalen. Haar portemonnee is daar. Ze had 700 dollar contant, een nagelvijl, een telefoonkaart en een fles doorzichtige nagellak.'

"Geen condooms?"

"Nee."

"Zorg ervoor dat je een notitie maakt om de lijkschouwer te vertellen dat hij moet controleren op ziekten zoals hiv/aids. Ze ziet er best gezond uit, maar als ze bareback trucjes uithaalt, weet je maar nooit."

'Juist. Er is nog iets dat je misschien wilt zien.' Acosta trok een handschoen aan, sloeg het laken weer om en gebruikte de punt van een oude balpen om de diepe snee in de keel van de dode vrouw te openen. "Zie je dat?"

Burton leunde naar voren en concentreerde zich op een soepel wit mengsel dat op het stollende bloed dreef, zoals de witte klont die je normaal in een eiwit aantreft. "Wat is dat?"

"Het is sperma."

'Wat? Hoe weet je dat?'

"Ik weet het niet zeker, maar dat is wat ik denk." Hij bewoog de rand van de pen naar beneden en liet Burton een glanzend witte lijn zien aan de binnenkant van de huid. 'Ik denk dat hij haar keel heeft doorgesneden en de wond heeft geneukt terwijl ze stervende was.'

"Ugh!" Ze stond op en spande haar pijnlijke beenspieren terwijl ze over zijn woorden nadacht. "Klinkt als een superverdomde viezerik."

'Ik ben het met je eens, Clarence. Nou, wat nu?'

"Haal wat je kunt van de vuilnisman en houd toezicht op haar oprapen. Zeg tegen de forensisch dat ik meteen wil weten wat die substantie in haar keel is en als het sperma is, laat hem het dan opsturen om te typen. Misschien hebben we geluk en vind iemand in de database."

'Oké. Wat ga je doen?'

'Praat met Jamie Sellers. Misschien kan ik erachter komen wie haar laatste klant was.'

'Ik denk niet dat dit een klant was, Clarence. Ik denk dat wie de gast ook was, hij freelance was.'

"Ik zou het ermee eens moeten zijn, maar het kan geen kwaad om het te proberen."

Burton liet haar partner over aan zijn afdelingsvrienden en wierp haar wantrouwende blik over de mensen die zich verzamelden om het dode lichaam te zien. Het was bekend dat de dader soms terugkeerde naar de plaats van het misdrijf om het opnieuw te beleven of om te genieten van de onbekwaamheid van de politie. De vuilnisman leek niet onder de indruk van het feit dat hij een lijk had ontdekt en stond vrolijk aan het kettingroken, pratend op een mobiele telefoon. De enige persoon die haar aandacht trok, was een priester, die aan de rand van de menigte stond, zijn lippen bewogen terwijl hij een stil gebed uitsprak over het lichaam.

'Blij dat iemand haar een zegen geeft.' mompelde ze in zichzelf terwijl ze terugliep naar haar auto. "We hebben er allemaal een nodig."

Volgende halte: De Centrale.

* * *

Hij haalde een biertje uit de koelkast en ging in zijn favoriete stoel zitten, terwijl hij de leunstoel naar achteren schoof terwijl hij de afstandsbediening in werking stelde. De televisie ging aan en een reclamespotje voor een meubelzaak eindigde net voordat het Avondnieuws begon.

"Ons belangrijkste verhaal, een vrouw werd bijna onthoofd gevonden in een steegje aan de Lower East Side." zei de presentatrice. 'Laten we live gaan met onze verslaggever ter plaatse.' Op dit punt leunde hij voorover, zijn interesse gewekt. Terwijl de verslaggever de misdaad beschreef, bekeek hij de gezichten van de mensen ter plaatse. Hij hield van de angstige en soms lege uitdrukkingen op de gezichten van de toeschouwers. Zijn pik verhardde in zijn broek en hij knoopte zijn pyjamabroek los en gaf hem een lange, harde slag.

'De hoofddetective in deze zaak, rechercheur Clarice Burton, had dit te zeggen over de moord.' Hij onderzocht de mollige politieagent en zijn pik werd nog harder. Wat was ze lief! Al dat rood-gouden haar, blauwe ogen, enorme tieten ... God, wat zou hij graag zijn pik tussen die schoonheden door duwen en zijn lading op haar kin spugen. Hij gaf zichzelf nog een harde slag en spande zich in van de inspanning. Ze bleef praten over enkele bijzonderheden van de misdaad en zijn aandacht werd getrokken naar haar mond, wijd en weelderig, getipt met het lichtroze waar jonge meisjes de voorkeur aan gaven. Het was meer dan in staat om zijn pik te zuigen. Hij kreunde, wreef nu harder en gebruikte de magie van een videorecorder om het interview opnieuw te bekijken, zodat hij haar mond steeds weer kon zien bewegen.

Een tinteling in de onderkant van zijn ruggengraat signaleerde zijn vrijlating en hij kwam, zijn sperma in de lucht drijvend, spurt na spurt op het geborstelde fluweel van de stoel en de bruine pool van het tapijt eronder. Hij snakte naar adem, activeerde de afstandsbediening weer en lag slap, herstellende terwijl hij de rest van het interview bekeek. Hij was verrast om te zien hoe de priester vervolgens werd geïnterviewd, luisterend naar zijn welwillende woorden die spraken over de kostbaarheid van het leven en zijn belofte om voor de jonge vrouw te bidden.

Godverdomme! Hij rookte, stopte zichzelf weg en dronk van zijn bier. Die hoer verdiende niet te leven, verdiende het niet om zoete adem te halen. Als de priester hoeren wilde hebben om voor te bidden, zou hij zijn wens krijgen. Hij zou zeker zijn wens krijgen.

# HOOFDSTUK III

Praten met Jamie Sellers was waardeloos geweest. Burton wist al dat ze waarschijnlijk niets van hem zou krijgen, maar ze was kwaad dat de pooier Tamara's laatste cliënt niet zou opgeven voor ondervraging. Hij toonde geen echte zorg voor het welzijn van de andere vrouwen die voor hem werkten, hij wilde alleen weten waar ze was vermoord, zodat hij de rest van de meisjes uit de buurt kon houden uit angst voor arrestatie.

Wat hem betreft was Tamara een schoongeveegde lei en vroeg ze alleen om het geld in haar portemonnee. Natuurlijk had Burton geweigerd en gezegd dat het geld indien mogelijk aan haar familie zou worden vrijgegeven en dat als er geen familie zou worden gevonden, de Welwillende Vereniging van Politieagenten het zou ontvangen. Verkopers was natuurlijk niet blij. Hij sloeg de deur achter Burton dicht en mompelde binnensmonds over de 'verdomde varkens die geen donutgeld meer nodig hebben'.

Omdat het al laat werd, besloot ze het dossier mee naar huis te nemen, haar schoenen uit te trappen en naar beneden te gaan, naar haar kantoor. Een groot prikbord nam het grootste deel van de ruimte in de kleine kamer in beslag en ze knipte de lichten aan en staarde naar de inhoud van het bord. Snapshots, 8 x 10's en andere weetjes bezaaid bijna elke centimeter van het oppervlak, allemaal visuele representaties van jonge vrouwen die op brute wijze waren vermoord in haar district sinds ze politieagent was geworden. Burton opende de manilla-map in haar hand, haalde de foto van Tamara tevoorschijn en plakte hem op een lege plek.

Haar ogen werden aangetrokken door een 4 X 8 van een mooi klein meisje met blond haar en fonkelende blauwe ogen. Zo'n engelachtige schoonheid was neergehaald door dezelfde soort hand die dat meisje vandaag had vermoord: een boze man die haar als een seksueel instrument beschouwde en niet als een mens. Tim had een sigaret gerookt en naar de televisie gekeken toen Clarice het lichaam van Angie in haar bedje had gevonden. Ze zou de aanblik van het bloed dat langs de binnenkant van haar benen stroomde en de pure onschuld in haar blinde ogen nooit vergeten.

Tim Burton zat nu in de gevangenis en zat twee opeenvolgende termijnen van twintig jaar uit voor Angie's misbruik en de daaropvolgende dood, terwijl Clarice een levenslange gevangenisstraf uitzat in haar gevangenis van schuld, haar moeders hart gevuld met de schuld van mislukking. Ze slikte tegen de brok in haar keel en stak een trillende hand op om de rafelige randen van de foto aan te raken. Ze zou het gekleurde deel van de foto nooit aanraken; deze kleine foto en een teddybeer waren het enige dat overbleef van haar dochter.

Burton trok haar hand weg en richtte haar ogen op naar Tamara. Ze was iemands dochter. Ergens had ze een zacht, veilig bed gehad om in te slapen. Ergens had ze Kerst en Pasen gevierd met mensen die voor haar zorgden. Ze had niet de verbeten blik van een prostituee die nooit zorg en bezorgdheid had gezien. Ergens, ooit, had ze liefde ervaren.

'Waarom nu niet? Wie heb je ontmoet en heb je geen liefde getoond? Wie heeft je achtergelaten om in je eigen bloed te sterven? Vertel me, Tamara. Vertel me wie hij was.'

* * *

'Ik wil niet gaan, verkopers, en je kunt me niet dwingen!' Julieta gilde en draaide zich om om weg te lopen. Ze was doodmoe van de hele dag klussen, haar voeten deden pijn en ze had geen zin om dit laatste klusje te gaan doen dat om de hoek op haar wachtte. Het beeld van Tamara's doffe ogen en haar verwrongen lichaam was te vers in haar geheugen.

De bankschroefachtige greep van Sellers op haar biceps sneed het bloed uit haar arm en hij siste, zijn uitgelijnde tanden glinsterden in het licht. 'Ik kan je alles laten doen wat ik wil.' Hij drukte haar tegen zich aan en stapte zo dichtbij dat ze beefde, ondanks de bravoure die ze probeerde te tonen. "Moet je eraan herinnerd worden?"

"Nee." Julieta haatte zichzelf toen ze het woord snel uitspuugde en hem liet weten dat zijn intimidatie werkte. 'Maar ik wil dat je met me meegaat.'

"Ik ga niet kijken hoe jij en een blanke jongen neuken! Ga nu maar." Hij gaf haar een duwtje in de richting van de wachtende man. 'En eerst het geld halen!'

Julieta schudde haar golvende haar uit, trok haar jurk recht en liep naar de man toe, in een poging er sexy uit te zien zonder eraan te denken hoe erg haar voeten pijn deden. "Hallo."

"Hallo." Zijn stem was zacht, bijna ademend en hij keek verlegen weg. "Je bent heel mooi."

'Dank je. Hou je van Latijns-Amerikaanse vrouwen?'

"Hou van hen." Wederom ademend, maar met een vleugje ... een accent?

"Dus je wilt een date?"

"Ja. Ik wil je tieten neuken."

'Zoals deze, hè?' Julieta keek om zich heen om er zeker van te zijn dat niemand anders keek en kneep sensueel in een van haar borsten. 'Ze zijn echt. Wil je er een aanraken?'

Voorzichtig stak hij zijn hand uit en pakte een bol, tilde het zoete gewicht op en kneep erin. "O, shit."

"Dubbele D's." Julieta leverde trots. "$ 300 en ze zijn van jou."

"Slik je?"

"Voeg nog eens $ 200 toe en ik drink elk klein beetje dat je te geven hebt."

"Gedaan."

Giechelend leidde ze hem naar een plek achter de afvalcontainer en stak haar hand uit, glimlachend toen hij biljetten van vijfhonderd dollar in haar hand legde. "Dank u." Met die zaken uit de weg, trok ze haar topje naar beneden, liet hem zijn gezicht tegen hen wrijven voordat ze op haar knieën viel en ademloos wachtte om zijn pik te zien. Hij ritste zijn broek open en trok zijn pik eruit, sloeg hem tegen haar wangen voordat hij hem tussen haar borsten liet glijden. Julieta hield haar tieten bij elkaar, boog haar hoofd naar beneden en zoog het hoofd bij elke stoot in haar mond.

Hij kreunde, greep haar schouders om zichzelf in evenwicht te houden en pompte sneller. Het zou snel gebeuren, hij voelde het. Die bekende tinteling. Hij siste toen zijn pik uitbarstte, duwde hem in haar mond en duwde hem zo ver mogelijk in haar mond. Ze stikte eerst, slikte toen en greep zijn heupen om een tweede keer niet te kokhalzen. Toen hij eindelijk stopte met klaarkomen, trok ze zijn pik uit haar mond en trok haar shirt weer op zijn plaats.

"Doei."

Julieta zag zijn arm niet om haar keel slaan, maar ze hoorde het knarsen van haar luchtpijp toen die plaats maakte voor de kracht van zijn spieren en botten. En al snel hoorde ze niets meer.

# HOOFDSTUK IV

Jim Blanch kwam op dezelfde tijd van school als altijd. Zijn moeder merkte dat op toen ze hem welkom heette en luisterde naar zijn zware voetstappen terwijl hij de trap op joeg. Ze lachte. Jim was zo'n goede jongen; een uitkomst na de omstreden scheiding die ze had moeten doorstaan. Hij zou dit jaar afstuderen, was een hetero A-student en speelde graag basketbal met zijn vrienden. Het beste van alles was dat hij zijn kamer opruimde zonder te vragen en haar hielp wanneer ze het nodig had.

Ze moest hem zelfs om een gunst vragen. Hun buurman, meneer Greenwell, moest een koffer van zijn zolder halen en Lorna had Jim vrijwillig voor de klus aangeboden. Ze veegde haar handen af aan haar schort, draaide haar kip-rigatoni naar beneden en liep naar de onderkant van de trap.

'Jim! Kun je alsjeblieft naar beneden komen?'

Lorna wachtte maar kreeg niet het normale antwoord van hem. Misschien had hij zijn deur dicht of luisterde hij naar muziek. Sinds ze die mp3-speler voor hem had gekocht, moest ze soms helemaal de trap op naar zijn kamer om zijn aandacht te krijgen. Ze zuchtte en liep de trap op. Ze zou het opnieuw moeten doen en haar bunion klaagde.

"Godverdomme! Jim!"

Ze klom de trap op, gaf de voorkeur aan de gewonde voet en rustte op de overloop, huiverend van de pijn. Ze hoorde muziek. Ze kende de band goed; de laatste tijd was hij geobsedeerd door Franz Ferdinand en speelde hij hun nieuwe album keer op keer. Onder het ritme van drums en gekrijs van gitaren hoorde ze iets anders. Iets zonder ritme; iets dat niet bij de muziek paste. Het klonk als... krakende bedvering.

"Jim?" Ze riep nu niet zo hard. Jim was achttien en goed op weg om een man te worden en ze wist dat hij af en toe onder de douche masturbeerde. Ze wilde hem niet storen als dat het geval was, maar haar speciale moeders gevoel vertelde haar dat er iets niet klopte. 'Jim, ik wil dat je me een plezier doet.'

Ze stapte steeds dichterbij, de muziek groeide in volume en de geluiden namen toe in snelheid en toonhoogte. Haar bevende hand bereikte de deurknop en ze greep hem vast en draaide hem gemakkelijk om. "Jim?"

De aanblik die haar ogen ontmoette, was er een die Lorna Blanch nooit zou vergeten. De kamer van haar zoon was in de gebruikelijke staat van wanorde. Posters van Jennifer Garner en Jessica Alba werden op de muren geplakt, samen met halfnaakte anime-vrouwen. En haar zoon lag naakt op het bed. Zijn sterke benen stonden schrijlings op iets, zijn heupen spanden zich en zijn rugspieren golfden. Lorna deed een kleine stap opzij en haar ogen werden groot. Onder het lichaam van haar zoon bevonden zich een paar perfecte borsten en hij hield ze bij elkaar terwijl hij zijn pik ertussen duwde.

Lorna Blanch schreeuwde.

* * *

"Meen je het?"

Burton en Acosta duwden de deuren van het station open, liepen naar buiten en huppelden de trap af terwijl ze op weg waren naar haar auto.

"Ik wou dat ik dat was. Ze belde vijf minuten geleden en zei dat haar zoon een paar tieten aan het neuken was en ze kwam halen."

'Weten we zeker dat ze van Julieta Friars zijn?'

'Nee, maar ik kan niemand anders bedenken die een paar tieten mist, jij wel?'

Er was geen verder gesprek totdat ze bij de brownstone aankwamen, zoemend om toegang. Lorna Blanch zat tussen woede en walging in en haar zoon was duidelijk de dupe van beide.

'Mevrouw Blanch? Ik ben rechercheur Burton. Dit is rechercheur Acosta.'

De vrouw schudde hen stevig de hand, haar boze blik keerde terug naar de jonge man die probeerde zich kleiner te maken in de stoel. 'Ik heb hem beter geleerd dan dat. Hij wist wel beter dan dat smerige ding in huis te halen.'

Acosta waagde een vraag, op haar hoede om haar woede nog verder op te wekken. 'Mevrouw Blanch, weet u zeker dat ze... echt zijn?'

"O, ze zijn echt, oké." Ze snauwde boos en draaide zich toen om om tegen haar zoon te blaffen. 'Ga het ze laten zien, Jim.'

De jonge man sprak niet. Hij leidde hen de trap op naar zijn slaapkamer en wees naar zijn bed. Een perfecte set borsten rustte naast zijn kussen, netjes uitgesneden en getrimd voor draagbaarheid, een tepel doorboord met een staaf met een bungelende bij erop. Burton haalde een set handschoenen uit haar zak en bekeek het vlees zorgvuldig.

'Ze zijn van haar.'

"Hoe weet je dat?"

Burton tilde de linkerborst op en liet hem de getatoeëerde letters zien. kleine B.

'Het was haar straatnaam.' Ze trok de handschoenen met een klik uit en wendde zich tot de jonge man. 'Waar heb je ze gevonden?'

"In de vuilnisbak." Hij stotterde. 'Op weg naar huis van school.'

Burton zweeg even en trok Acosta naar haar toe. 'We kunnen maar beter snel werken. Ik ben bang voor wat hij nu gaat doen.'

# HOOFDSTUK V

Burton en Acosta doorzochten de container waar Jim Blanch had gezegd dat hij de borsten had gevonden, maar konden geen ander bewijs vinden. De tieten waren inderdaad van Julieta; ze pasten perfect op hun plaats toen de lijkschouwer ze in het netjes gesneden gat in haar romp plaatste. Acosta braakte bijna zijn kalfsscaloppini uit toen hij de deur uitging. Dr. Arbitag lachte zo hard dat de klodder Vicks onder zijn neus zichzelf door de kamer dreigde overboord te gooien.

"Die zou op de Olympische Spelen moeten zijn. Waarschijnlijk een paar seconden van de tijd van Usain Bolt geschoren."

'Arby, je bent een echte klootzak, weet je dat?' Clarice lachte en hielp hem het lichaamsdeel terug in de aparte zak te doen.

'Ja, maar je houdt van me.' Hij sloot de zak en zette hem op een kar. 'Nou, Clarice, ik weet niet wat ik je kan vertellen, maar we hebben geen bruikbaar bewijs voor je kunnen vinden.'

'Hoe zit het met het sperma?'

"We hebben het getypt, maar we kregen geen hits in de database."

Burton trok haar handschoenen met een klik uit en stapte op de hendel om de prullenbak voor medisch afval te openen. 'Daar had ik eigenlijk helemaal niet op gewed. Je weet dat het meestal een gok is.'

"Ja soms." Arby waste zijn handen en wendde zich weer tot de rechercheur. 'Maar je weet het pas als je het probeert.'

'Arby, je hebt veel zaken gezien. Ik weet dat je niet Michael Baden bent, maar ik heb je expertise nodig.' Ze zweeg en ordende haar gedachten. 'Hij gaat weer moorden en het zal snel zijn. Julieta was gisteren. Tamara was twee dagen eerder. Na middernacht krijgen we nog een dode vrouw in handen en de burgemeester gaat schijten.'

"Je zult het niet leuk vinden."

Burton lachte, snel ontnuchterend. 'Kun je me iets geven om door te gaan? Iets uit je onderbuik?'

Arbitag veegde zijn handen af en begon stukjes vlees en gestold bloed door de afvoer op een nabijgelegen tafel te spuiten. Hij keek even naar haar op, liet toen het ventiel van de slang los en stopte de waterstroom. "Hij is krankzinnig. Hij is niet alleen iemand die intelligent is, maar hij is ook geestesziek. Zijn keuze om prostituees als doelwit te gebruiken is geen origineel idee, maar zijn specifieke keuze voor prostituees die geen condooms gebruiken wel."

"Geen condooms?"

"Het vaginale of anale kanaal van een vrouw die consequent een condoom gebruikt, is heel anders dan een vrouw die dat niet doet. De spierstrepen zijn veel soepeler en de vaginale spieren van beide vrouwen toonden aan dat geen van beiden onlangs veilige seks had beoefend."

"Dus het waren bareback-specialisten."

Arbitag knikte, zette het water weer aan en spoelde het afval door de afvoer. "Julietta had hiv."

'En Tamara?'

"Chlamydia."

"Is dat overdraagbaar?"

"Ja."

"Kan het worden behandeld?"

'Chlamydia kan worden behandeld, ja, maar... nou ja, je weet van hiv.'

"Ja." Clarice staarde in de dikke plastic lijkzak, Julieta's mooie gelaatstrekken vervormd door het dikke materiaal. "Dus beide vrouwen waren besmet, maar het kon hem niets schelen."

'Nee. We vonden sperma in de keel van het eerste meisje en ik vond wat in Julieta's mond toen ik het uitveegde. De soorten waren hetzelfde.'

"Maar waarom zou hij de tijd nemen om de borsten van de vrouw af te snijden en ze vervolgens te dumpen? Ik bedoel, het is duidelijk door de incisie dat hij de tijd nam om het goed te doen..."

'Misschien was hij gehaast. Misschien heeft hij ze daar achtergelaten voor jou en Acosta en is dat joch hen toevallig tegengekomen. Wie weet? Op dit moment is zijn reden om ze te verlaten niet het punt.'

"En het punt is?"

"Waarom moest hij de vrouwen snijden? Hij had zijn zin met ze kunnen krijgen zonder ze te verwonden, maar hij voelde dat hij ze moest verminken. Waarom was dat? Waarom de keel en waarom de borsten? Waarom koos hij voor vrouwen wie heeft er geen rubbers gebruikt?"

"Hij maakte een statement." zei Burton zacht. "Een uitspraak over prostituees die geen condooms gebruiken. Prostituees van lage kwaliteit, besmet en die hun ziekte verspreiden naar de klant. Dit is net Jack the Ripper..."

Het woord dat Arbitag fluisterde was nog zachter. "Bingo." Onmiddellijk begonnen Burtons hersenen te werken, schoppen vol aarde omdraaiend in de tuin van haar vruchtbare brein op zoek naar informatie. De lijkschouwer controleerde een steriele bak met instrumenten en zorgde ervoor dat ze klaar waren voor de volgende invoer. "En wat voor soort persoon zou zich op zulke vrouwen willen richten?"

Opnieuw piekerde de rechercheur over de vraag en bedacht mogelijke antwoorden. New York City was een plaats die dichtbevolkt was met allerlei soorten mensen die HIV-Izebels van de aardbol wilden wegvagen. Arbitag ging achter haar staan, zette er een neer en toen een tweede foto voor haar. De eerste foto was een menigte geschoten op Tamara's plaats delict. Menigteschoten waren standaard en waren vereist op elke plaats delict in de stad. Wetende dat de meeste moordenaars psychologische wezens waren, was er altijd een kans dat de persoon terug zou komen om te genieten van de aandacht terwijl hij in het geheim zijn of haar identiteit verborg.

Clarice's scherpe ogen scanden de tweede foto, een menigte geschoten vanaf Julieta's plaats delict en konden geen verband vinden. Arbitag voelde haar frustratie en pakte een zwarte Sharpie uit zijn jaszak, maakte twee cirkels op het fotopapier en glimlachte toen de rechercheur dichterbij kwam.

"De priester."

# HOOFDSTUK VI

De vrouw was mooi. Haar haar was een smaakvolle tint aardbeiblond, smaakvol gestyled in een kap van krullen rond haar gezicht. Haar uitnodigende mond was rood omrand en haar bleke borsten puilden uit net onder de randen van de kanten teddybeer en plaagden hem met hun dikke, sproeten topjes. Hij wilde graag met zijn vinger langs die besneeuwde toppen wrijven, maar hij kende haar nog niet goed genoeg.

"Wil je wat drinken?"

Ze knikte ontkennend en ging dichter naar hem toe op de bank, haar mooie gezicht naar het zijne draaiend. Hij begreep de hint en boog zich voorover, nam haar mond in een zachte kus en stak zijn tong in haar mond. Ze was zo onderdanig en daar hield hij van. Hij wilde de man zijn, haar laten zien dat hij voor haar kon zorgen en hij wilde dat ze dat wist. Hij kuste haar nog steeds, reikte naar haar toe en liet zijn hand een van haar borsten omhullen, terwijl hij haar tepel tussen zijn vingers wreef.

'Dat vind je leuk, hè?'

Hij liet de riem van haar slip over haar schouder glijden en liet zijn vingers haar zachte huid gladstrijken. Haar borst kwam naar buiten, de tepel zacht en roze en hij tongde erin, terwijl hij de tijd nam om de verschillende texturen te voelen. Hij bracht tijd door met heen en weer bewegen tussen de twee, maar zijn behoefte was te groot en hij kon er niet langer tegen vechten. Terwijl zijn lippen de vallei tussen haar borsten leerden kennen, kroop zijn hand naar beneden en verbond zich met zijn keiharde pik, kneep erin voordat hij de rits openmaakte en losliet.

"Geef het een beetje zuigen, wil je?"

Haar lippen gingen open en hij duwde haar hoofd naar beneden, diep kreunend terwijl ze al zijn vijftien centimeter lengte in haar mond nam en het achter in zijn keel liet raken. Ze was zo goed. Hij kon nooit genoeg krijgen van de zachte, natte warmte van haar mond en haar flexibele tong. Ze wreef ermee over de onderkant van zijn pik en richtte zich op het kleine bundeltje zenuwen net ten zuiden van de bergkam, waardoor hij begon te trillen.

"Ja, schat. Gewoon zo. Pak het. Pak het allemaal."

Hij wilde haar neuken, maar toen ze eenmaal aan zijn pik begon te zuigen, wist hij dat hij het niet zou volhouden. Haar piepkleine keeltje vormde een vacuüm rond zijn staaf en ineens kneep en zoog ze hem tegelijkertijd. Hij leunde achterover in de stoel, zijn hand op de achterkant van haar hoofd houdend terwijl zijn heupen omhoog duwden, zijn pik verder in haar slokdarm duwend.

"Oh, ja. Oh, fuck, baby, ik ga klaarkomen!"

Zijn spurt van sperma ging gepaard met zijn gewurgde schreeuw en zijn lichaam schokte bij elke release, zijn benen stijf en gestrekt. Ze was zo goed. Ze melkte elke laatste druppel uit hem, waardoor hij zwak en verzadigd achterbleef, met een glimlach op zijn gezicht. De klop op de deur van de sacristie wist die glimlach meteen weg en hij sprong overeind.

'Eerwaarde Perkins?'

'Ik kom er zo uit.'

Burton ging op een van de banken zitten en keek naar Acosta. 'Wat doet hij daar in godsnaam?'

'Ik weet het niet. Een persoonlijke zegen geven?'

De rechercheur grinnikte donker en wierp haar blik rond in de kleine kerk. Ze was niet meer in een kerk geweest sinds Angie stierf. Ze dacht dat er geen God zou zijn als hij haar zo zou laten sterven. De deur van de sacristie ging open en dominee Henry Perkins stapte naar voren, zijn uniform onberispelijk. Hij stak een hand uit naar Acosta en wendde zich toen tot haar toen ze opstond.

'Sorry dat ik u heb laten wachten. Ik was wat computerwerk aan het doen.'

'Een computer in een kerk. De wereld gaat vooruit.'

'Altijd, rechercheur Burton. De behoeften van de ziel worden niet beperkt door technologie.' Perkins grinnikte alsof hij een persoonlijke grap maakte. "Hoe kan ik u helpen?"

'Ik wilde je een paar vragen stellen. Vind je het erg?'

"Helemaal niet."

"Mooi zo." Burton zag hoe de dominee zich nerveus van haar afwendde, haar partner rond het altaar zag lopen en de heilige artikelen van zijn geloof met het technische oog van een getrainde politieagent bestudeerde. 'Het viel me op dat je op het toneel van Williams was. Ik geloof dat je voor haar gebeden hebt.'

"Eh, ja." Perkins antwoordde haar en richtte zijn aandacht weer op Acosta. Waar ben je zenuwachtig voor, eerwaarde? 'Ik heb haar de laatste riten gegeven.'

'Hoe wist je dat ze katholiek was?'

'Dat deed ik niet. Ik geef de Laatste Riten aan iedereen die het nodig heeft, ongeacht hun geloof.'

"Of het gebrek daaraan?"

Dominee Perkins schudde zijn hoofd. "We krijgen allemaal absolutie als we vergeving vragen voor onze zonden. Waarom zou een prostituee anders zijn?"

'Dat is heel vriendelijk van u, dominee Perkins. Is dat de reden waarom u naar de Broedersscène bent gekomen?'

Ze ving de geringste zweem van verbazing op zijn gezicht op voordat hij zichzelf in bedwang hield. 'De scène van de broeders?'

Burton haalde de foto uit de map die ze bij zich had en liet hem aan de man zien, zijn reactie nauwlettend in de gaten houdend. 'O ja. Ik was op weg naar een gebedsbijeenkomst en zag het toevallig. Ik heb haar ook de Laatste Riten gegeven.'

"Ik snap het." Ze verving de foto. 'Heb je een van de meisjes voor hun dood gezien?'

"N-Nee."

Een stotter. Waar ben je zo zenuwachtig voor? "Weet je het zeker?"

'Ja, dat weet ik zeker. Ik zou het weten.' Perkins keek weer om zich heen en zag dat Acosta verdwenen was. 'Waar is meneer Acosta?'

'O, hij is waarschijnlijk ergens in de buurt, hoogstwaarschijnlijk buiten aan het roken.'

"Excuseer mij alstublieft."

'Eerwaarde Perkins, ik ben nog niet klaar...'

De goede dominee liep op een doodlopende weg naar de sacristie met rechercheur Burton vlak achter hem. Acosta was in de kleine kamer en bekeek ingelijste certificaten die op de lambrisering stonden. Hij keek verward op toen Perkins binnenstormde.

"Ja meneer?"

Perkins' ogen schoten naar de kast in de hoek en merkten op dat de deuren goed gesloten waren. 'Eh, dit is mijn privé-kantoor, rechercheur. Ik zou het op prijs stellen als u naar buiten wilt komen.'

Acosta's ogen raakten die van Burton en hij haalde zijn schouders op. "Geen probleem."

Perkins deed de deur achter hen dicht en wendde zich tot de twee rechercheurs. 'Luister, als er geen vragen meer zijn, moet ik me voorbereiden op de dienst van morgenavond.'

Rechercheur Burton schudde zijn hand. 'Dank u, dominee Perkins. We nemen contact met u op als we nog vragen hebben.'

De twee rechercheurs verlieten snel de kerk, op weg naar de niet-gepatrieerde Chevrolet die bij de stoeprand geparkeerd stond. 'Onze dominee Perkins is een interessante man.'

"Waarom zeg je dat?"

'Hij heeft een vriend in de kast. Een realistische rubberen pop.'

"Een pop?"

"Niet zomaar een pop. Een sekspop." Acosta viste een plastic zak uit zijn zak. "Met een mondvol zaad, zou ik kunnen toevoegen."

'De dominee was een pop aan het neuken toen we aanklopten.'

"Lijkt van wel." Acosta glimlachte. "Wat denk je dat we een snelle stop maken bij het kantoor van de ME?"

# HOOFDSTUK VII

De nacht verspreidde zich soepel over de stad als een donkere roetvlek, die de horizon zwart maakte en de sterren blokkeerde waarvan ze wist dat ze er waren. Voordat ze trouwden, had Harry altijd opmerkingen over haar ogen gemaakt en gezegd dat hij de hemel erin kon zien. Vanavond was ze vroeg thuisgekomen en vond ze hem op zoek naar de hemel in het lichaam van een blondine met neptieten. Dit had ze na elf jaar huwelijk nooit verwacht. Ze geloofde in nog lang en gelukkig, in Prince Charming en zijn lieftallige prinses en in één slag van zijn pik had haar man die dromen verbrijzeld.

En zo bevond Carla Parker zich in de plaatselijke waterpoel van hun gemeenschap, omringd door bewonderaars die haar drankje na drankje kochten, shot na shot, en haar weg over haar limiet dedend. Ze wist niet wanneer ze die grens overschreed; ze wist alleen dat ze niet langer om haar bedriegende echtgenoot gaf. Hij zat als een vreemd voorwerp vast in het loopvlak van haar schoen en ze trok hem er moeiteloos uit en wierp hem opzij.

"Neem me niet kwalijk." Het was zijn stem die door de alcoholische waas sneed: beleefd en beschaafd. 'Mag ik wat koffie voor je kopen?'

Een tint en een kreet steeg op van zijn plotselinge binnenkomst op het toneel. "Hey wie ben jij?" 'We hebben haar het eerst gezien.' "Ga verdomme weg, jij verdomde Engelse klootzak!"

Ze negeerde hen en wendde zich tot de man, terwijl ze hem een dronken glimlach toewierp. "Ja graag." Hij pakte haar hand en hielp haar van de barkruk af, gracieus ving hij haar op toen haar hiel in de sport bleef steken en haar naar voren wierp. De anderen lachten om haar dronkenschap, maar hij niet. Hij zette haar op haar voeten en hielp haar in een stoel, waarna hij haar met een lepel room en gesuikerde koffie toediende tot ze het kopje naar haar lippen kon brengen.

"Beter?"

"Ja, veel. Dank je." De koffie veegde een deel van de wazigheid weg en ze glimlachte naar de knappe vreemdeling. "Bedankt dat je me hebt gered."

"Geen dank." Zijn glimlach was warm en gemakkelijk. 'Luister, mijn appartement is hier niet ver vandaan. Waarom gaan we daar niet heen? Ik kan nog wat koffie voor je maken.'

'Dat klinkt goed. Laat me eerst de badkamer gebruiken.'

Terwijl ze weg was, dronk hij zijn koffie op en wachtte geduldig tot ze tevoorschijn kwam, waarbij hij merkte dat andere mannen scherp toekeken. Ze kwam naar buiten, droogde haar handen af aan een stuk keukenpapier en werd belaagd door de man die hem een 'Engelse klootzak' had genoemd. Hij wist niet wat hem overkwam, maar binnen een paar seconden was hij een grommende schaduw van zijn vroegere zelf, die op de man afsprong en hem tegen de grond sloeg. De andere mannen die met haar aan het kletsen waren, mengden zich in de strijd en het duurde niet lang of de barman belde koortsachtig de politie terwijl stoelen en flessen vlogen en er bloed vloeide.

Het was bijna vijfendertig minuten later toen Burton het telefoontje van Stevens ontving. 'Het is een gevecht in een bar die Sin City heet.'

'Ik heb er eerder van gehoord. Waarom bel je me over een ruzie?'

'Je wilt met het slachtoffer praten, Carla Parker. Ze zegt dat ze op het punt stond te vertrekken met een man toen het gevecht uitbrak. Een Engelsman.'

"Ik ben onderweg."

Toen ze aankwam, zei de barman welterusten tegen de laatste van de klanten en was niet blij haar te zien. De vrouw zat in een hokje, een drankje in haar trillende hand en haar haar in een verwarde wolk om haar hoofd.

Stevens wachtte op haar en keek naar de laag uitgesneden voorkant van haar blouse. "Haar naam is Carla Parker. Ze vond haar man in bed met een andere vrouw en besloot haar woede te verdrinken. Het lijkt erop dat ze iets te diep in de bekers is geraakt en de aandacht trok van verschillende mannen die haar als een 'kans' zagen."

"Domme kut." mompelde Burton. 'Waarom gooide ze hem er niet gewoon uit?'

"Weet niet." Hij stopte aan de zijkant van het hokje. 'Mevrouw Parker, dit is rechercheur Burton.'

Parker keek op, haar ogen ingevallen en rood. Ze begon te praten, maar haar gezicht vertrok en ze slikte wat van de alcohol naar binnen tegen de belofte van nieuwe tranen. Stevens deinsde achteruit en Burton ging zitten, reikte naar voren en klopte op de hand van de vrouw.

'Vertel me over hem, mevrouw Parker.'

'Hij leek aardig, een heer.'

'Hoe wist je dat hij een heer was?'

'Hij had een Engels accent.'

Burton wierp een blik op Stevens en schonk de vrouw een bemoedigende glimlach. 'Dat zijn er maar weinig. Heren, bedoel ik.' Parker knikte en nam nog een drankje. 'Waarom dacht je nog meer dat hij een heer was?'

'Hij bood me koffie aan toen de rest van die sulletjes wilde dat ik meer dronk. Hij wilde geen misbruik van me maken zoals de rest.'

'Dat was aardig van hem. Zo aardig van een vreemde man om je te komen redden, vind je niet?' Door de woorden van de rechercheur voelde Parker zich ongemakkelijk, maar ze zei niets. 'Je zei dat je met hem zou vertrekken?'

'Ja, hij heeft me uitgenodigd in zijn appartement. We zouden koffie gaan drinken.'

"Ik snap het." Burton keek de vrouw boos aan. 'Kun je me een beschrijving van hem geven?'

"Lang, donkerharig, baard, bruine ogen."

'Kun je hem identificeren als je hem weer zou zien?'

"Ja." Parker keek om zich heen naar de andere agenten, haar nieuwsgierigheid werd plotseling gewekt. 'Waarom ben je zo geïnteresseerd in een man die een gevecht is begonnen?'

'Omdat, mevrouw Parker, u geluk heeft dat u nog leeft. Uw Engelse heer heeft twee vrouwen vermoord die wij kennen en u had misschien nummer drie kunnen zijn.'

# HOOFDSTUK VIII

Fury regeerde zijn aderen. Hij kon niet denken aan de pijn die door zijn schedel prikte en de woede die zijn bloed kookte. Hij had haar. Ze at uit zijn handen en al snel zou ze bloeden op de rand van zijn mes. Verdomde kut! Hij depte zijn voorhoofd terwijl hij terugliep naar de voorkant van de bar, niet in staat zichzelf te helpen terug te keren naar het toneel. En daar zat ze dan, die kutdetective van de tv, tegenover de vrouw. Hij zou haar nog kunnen hebben. Nu nog een manier vinden om het te doen...

Burtons mobiele telefoon ging en ze zette hem aan en verliet de cabine. "Burton."

"Hé, het is Acosta."

'Waar ben je geweest? Ik heb je vijf keer geprobeerd te bellen!'

'Ik ben hier in het lab geweest. Je zei dat ik moest wachten op de resultaten, weet je nog?'

'Ja, maar je kunt je telefoon niet beantwoorden?'

'Ik heb de afgelopen twee uur een technische uitleg gekregen over DNA, Clarence. Mijn brein is overbelast.'

Burton lachte. 'Dus wat voor nieuws heb je voor me?'

"Het is toeval."

"Maak je een grapje?"

'Nee. Het sperma van de priester is toeval. Ik ben op weg naar het huis van de rechter om het arrestatiebevel te laten goedkeuren.'

Burton verwerkte de informatie terwijl hij zich omdraaide om naar Carla Parker te staren. Er klopte iets niet, maar ze wist niet wat het was.

'Wil je me ontmoeten bij rechter Anderson?'

'Nee, dat is niet nodig. Ik kan aan dit einde wel de zaken regelen. Ik bel je als ik alles geregeld heb en dan spreken we af om hem op te vangen.'

'Goed. Goed gedaan, Acosta.'

'Bedankt, Clarence. Tot later.'

Ze sloot haar telefoon en keek weer naar de vrouw. Wat was het? Wat zat haar dwars? Burton schudde het van zich af en liep naar de plek waar Stevens stond.

'We hebben de man.'

'Wat, de man van vanavond?'

'Nee. De moordenaar. Ik vertel het je later wel. We moeten mevrouw Parker nu naar huis brengen en hier wegwezen.'

"Oke."

Parker keek op toen ze langskwam. 'Heb je hem gevangen?'

'Nee, maar we hebben de moordenaar gepakt, dus je bent vrij om te gaan.'

'Denk je niet dat hij de moordenaar is?'

'Nee. We hebben onweerlegbaar bewijs dat bewijst dat hij het niet is, dus je bent veilig.'

Carla's ogen vulden zich met tranen. "Godzijdank."

'Rechercheur Stevens zal ervoor zorgen dat u veilig thuiskomt.'

'Dat hoeft niet. Ik ga niet naar huis. Ik ga gewoon naar een hotel verderop in de straat.'

'Toch kan de rechercheur u een lift naar het hotel geven.'

Parker stond op, dronk haar drankje leeg en pakte haar tas. 'Toch bedankt, maar ik ga lopen. Ik heb wat frisse lucht nodig, als je begrijpt wat ik bedoel.'

'Mevrouw Parker, ik hoef u niet te vertellen dat het gevaarlijk is om op dit uur van de nacht te lopen.'

"Ik zal voorzichtig zijn." Ze strompelde naar de deur en richtte zich op toen ze de deurklink vastpakte. "Bedankt voor je hulp."

De rechercheurs keken haar na, terwijl ze allebei hun hoofd schudden om haar domheid. Stevens klapte Burton op de rug. 'Niet jouw schuld, Clarence. Ze is een volwassen vrouw.'

'Kunnen we haar niet arresteren voor dronkenschap en wanorde?'

'Niet echt. Het zou ofwel worden weggegooid vanwege een technische kwestie of we zouden worden aangeklaagd.' Hij grijnsde. 'Of ons geluk kennen, allebei.'

Ze lachte, knikte. 'Je hebt gelijk. Nou, laten we gaan en ik zal je onderweg vertellen over de priester.'

* * *

Carla neuriede terwijl ze over straat liep. Ze hield van New York City op dit uur van de nacht. De stoom die uit de riolen opsteeg, de weerspiegeling van de neonreclames in de donkere zilveren plassen, de geluiden van ongeduldige chauffeurs en de geur van uitlaatgassen, alles gecombineerd om de stad tot een magische plek te maken als de zon zich terugtrok uit de lucht. Dronken zijn deed ook niets af aan de ervaring. Het verhoogde alles en ze voelde zich zeker 'verheven'.

Fuck Harry! Ze lachte en huppelde vrolijk, denkend aan de aandacht die ze vanavond had gekregen. Zie je, Harrie? Je bent niet de enige die iemand anders kan krijgen! Toen ze de hoek naderde, zag ze hem staan met een glimlach op zijn gezicht en ze rende naar hem toe en wierp zichzelf in zijn armen. 'Waar ben je naartoe verdwenen?'

'Ik ben door de achterdeur vertrokken. Ik ben niet zo'n vechter.'

Ze raakte de bobbel bij zijn rechterslaap aan en hij kromp ineen. "Oh het spijt me."

"Wil je die koffie nog?"

Ze zag de glinstering in zijn ogen en glimlachte. 'Je bedoelt, in je appartement?'

"Ja."

'Nee. Maar ik ga wat drinken.'

'Goed. Laten we gaan.'

Ze liet hem de weg wijzen, struikelend en giechelend terwijl hij hen door straten en steegjes manoeuvreerde. Ten slotte stopte hij in een donker steegje, duwde haar tegen de muur en kuste haar nek. 'Ik hoop dat je een vluggertje niet erg vindt. Je bent zo mooi dat ik er niets aan kan doen.'

"Nee." zei ze ademloos. "Het maakt me niet uit." Zijn ruwe lippen maakten haar gek, knepen in haar gevoelige nekvlees en deden haar beven. Toen zijn handen naar haar middel bewogen en de zoom van haar jurk omhoog trokken, protesteerde ze niet. Haar lichaam had honger, hongerig naar de aandacht van een man die duidelijk genoot van haar gezelschap. Fuck you, Harry. Zijn vingers scheurden het slipje van haar lichaam en ze opende haar benen in afwachting. "Oh ja." fluisterde ze, haar kutje tintelde. "Neuk mij."

De woorden eindigden met een verstikte kreet, haar lichaam gespietst op de extra grote kleermakersschaar die hij in haar vagina had geduwd. Bloed, dik en warm, bedekte zijn hand en hij pauzeerde even om er aan te snuffelen voordat hij zijn pijnlijke pik in zijn pulserende stromen duwde. Ze probeerde naar hem te klauwen, maar hij hield gemakkelijk haar polsen aan de ene hand vast terwijl de andere haar heupen dicht tegen zich aan hield. Al snel werd haar strijd zwak, haar ogen fladderden en hij stootte nog heftiger in haar, haar fluweelzachte warme bloed smeerde haar kanaal.

Terwijl Carla Parker haar laatste adem uitblies, explodeerde hij in haar, zijn pik dikker wordend met elke puls van sperma die haar binnenste spatte en zich vermengde met het rijke bloed. Dat was het beste tot nu toe, dacht hij, terwijl hij zijn pik uit haar liet glijden en haar jurk gebruikte om wat van het bloed weg te vegen. Om nu een bericht achter te laten voor die vrouwelijke rechercheur: een bericht dat haar zou laten weten dat er niet met hem te spotten viel.

Een bericht om haar te laten weten dat zij de volgende was.

# HOOFDSTUK IX

Dominee Perkins keek nogal verbaasd toen een klein leger van de beste uit New York voor de deur van de kerk verscheen. De arrestatie verliep vlekkeloos en Burton, Acosta en Stevens bleven achter met de andere agenten en doorzochten het pand op zoek naar aanvullend bewijsmateriaal.

"Claire!" Acosta's telefoontje bracht haar aan het rennen en zij en Stevens gingen de sacristie binnen, op weg naar het kleine appartement van de dominee. Haar partner stond aan de andere kant van de kamer en wees naar de onderkant van de kast; dezelfde kast waarin Perkins' rubberen sekspop stond. Een donkere vloeistof stroomde gestaag onder de deur uit, stroomde in beekjes over de cementen vloer en sijpelde in een klein, vervallen kleedje.

Stevens liep naar de deur, pakte met zijn zakdoek een van de deurklinken vast en trok hem langzaam open. Binnenin, naast de rubberen torso, was de torso van een vrouw, een gezicht dat een hap naar adem van alle aanwezigen opwekte.

"Jezus Christus! Dat is Carla Parker!"

Burton kwam dichterbij, haar ogen vastgeklonken aan het gezicht van de vrouw. Haar uitdrukking was er een van troosteloosheid, van het opgeven van haar leven en het schudde de rechercheur tot op de bodem van haar ziel. De blik in haar ogen... 'Clarence. Clarence, alles goed met je?'

"J-Ja." Ze viel weer in haar professionele modus, nog steeds geschokt. "Het gaat goed met mij."

Acosta ging achter haar staan, zijn stem laag en angstig. 'Clarice, ze lijkt op jou.' Voor de eerste keer staarde rechercheur Burton naar het lichaam, echt. Carla Parker was een brunette, maar haar haar was blond. Er was een pruik op haar hoofd gezet. 'En kijk, op haar borst.'

Door het vetweefsel van Carla Parkers borst zat een politiepenning. Haar badgenummer, 5803, was op een strook antiseptische tape geschreven en eraan vastgemaakt. Stevens en Acosta staarden haar een hele tijd aan en wilden geen van beiden iets zeggen.

"Hij was het."

"Wat?" schreeuwde Acosta.

'Hij was het. Onze Engelsman.'

'Wat zeg je? Hoe kan hij het zijn als we bewijs hebben over Perkins?'

'Ik weet niet hoe ik het moet uitleggen, Stevens. Ik weet het gewoon. Dit is een boodschap voor mij.'

"Waarom voor jou?"

'Hij moet terug naar de bar zijn gekomen. Hij moet me met haar hebben gezien en besloten hebben dat ik haar bij hem weghield.' Burton kon haar ogen niet van Carla Parkers lege ogen aftrekken. 'Hij vertelt me dat hij me de volgende keer komt halen.'

'Maar hoe zit het met dominee Perkins?'

"Hij is onschuldig."

Acosta liep voor haar uit. "Wat ben je aan het doen? We hebben deze klootzak dood aan rechten!"

"Doen we?"

Hij keek naar Stevens die ook naar haar staarde. "Wat is dit in hemelsnaam?"

'Dit is een rode haring, opgevoerd voor ons voordeel en om Perkins te betrekken. Perkins is niet de moordenaar.' Ze draaide zich om om de kamer te verlaten en gooide woorden over haar schouder: 'Hij wacht daar op me.'

* * *

Hij stopte twee kwartjes in de machine en schoof de krant onder zijn arm. Zijn appartement was slechts een paar straten verderop en dit was een noodzakelijk onderdeel van zijn dagelijkse routine, zijn manier om contact te houden met de echte wereld. Hij keek op zijn horloge en versnelde zijn pas. Bijna zes uur. Tijd voor het nieuws. Tijd om uit te zoeken of die rechercheur zijn boodschap heeft begrepen.

De Breaking News-uitzending begon om 5:59 en hij ging in zijn luie stoel zitten, de krant op schoot en een biertje in zijn hand. "Goedenavond. We beginnen met het laatste nieuws van St. Peter's aan de Lower East Side. Dominee Henry Perkins is gearresteerd voor de moord op Tamara Williams, Julieta Friars en het laatste slachtoffer, de 38-jarige receptioniste Carla Parker.

Mevrouw Parker was eerder betrokken bij een gevecht in de Sin City Bar, maar wist te ontsnappen zonder verwondingen. Toen de politie eenmaal vertrokken was, ging mevrouw Parker alleen weg, ondanks dat ze vervoer aangeboden had gekregen van de politie en werd aangevallen en vermoord in Canal Street.'

Hij luisterde aandachtig naar de zender, woog elk woord en zocht een glimp op van die teef, rechercheur Burton. Hij vroeg zich af of ze dapper genoeg zou zijn om hem onder ogen te zien. Eindelijk. Waar hij op had gewacht. De teef met grote tieten kwam op het scherm.

'Kunt u ons iets meer vertellen over dit onderzoek?'

De ogen van de vrouw verlieten het gezicht van de vrouwelijke verslaggever en richtten zich op de lens van de camera. "Het onderzoek is nog niet voorbij. We hebben een belanghebbende gearresteerd, maar ik geloof persoonlijk niet dat die persoon de dader is. Ik geloof dat hij daar nog steeds is, wachtend om opnieuw toe te slaan."

Burton staarde in de camera en negeerde het boze gefluister van Stevens, die vlak achter haar stond. 'Ik heb je bericht ontvangen. Ik wacht op je.'

De verslaggever wendde zich van haar af om het uitzendingsfragment af te maken en Stevens greep haar bij de schouders en draaide haar in het rond. "Wat ben je in hemelsnaam aan het doen?"

'Proberen de moordenaar te vinden, John. Tijd om zijn spelletje te spelen.'

# HOOFDSTUK X

Clarice Burton ging voor de spiegel staan en bekeek haar spiegelbeeld zorgvuldig. Jarenlang verborg ze haar vrouwelijkheid onder haar uniform, achter een insigne die haar gelijkstelde met al degenen die haar in naam van die vrouwelijkheid tot slachtoffer zouden maken. En dat was oké. Ze bewoog zich binnen de kringen van de afdeling, schijnbaar onbewust van het gefluister dat haar volgde toen ze de afdelingskamer binnenkwam, maar altijd pijnlijk bewust dat hoe hard ze ook probeerde, ze altijd zou worden gezien als een roodharig meisje met enorme tieten.

De stap naar rechercheur was een obsessie geweest. Ze werkte zich uit de naad, las en studeerde terwijl de jongens aan het feesten waren of pokeren en het harde werk wierp zijn vruchten af. Ze mocht het droesem van het kantoor verlaten en opstijgen naar het droesem van de rechercheurs. Haar aangeboren vermogen om bewijs op te sporen hield haar met kop en schouders boven de menigte en al snel werd ze uitgekozen vanwege haar buitengewone capaciteiten. Nu kon ze haar eigen gang gaan en had ze het geluk gehad om met Acosta als haar partner aan de slag te gaan. Hij behoorde nog steeds tot de bevolking die een hekel had aan de toestroom van vrouwen in de rangen van rechercheurs, maar hij hield zijn mond en deed zijn werk.

Ze herkende zichzelf niet. Deze persoon, die voor de spiegel stond... dit was de persoon die ze al die jaren geleden was geweest. Angie's moeder. Een vrouw die ervan genoot om vrouw te zijn. Een vrouw die ervan hield om aangeraakt en gekust te worden. Een vrouw die genoot van het lichaam van een man naast het hare, één worden onder het gefluister van katoenen lakens. Alleen al het zien van haar eigen gewelfde lichaam in de jurk deed haar plotseling de intimiteit van de aanraking van een ander missen en ze merkte dat ze zich afvroeg waarom ze dit echt deed. Wilde ze de moordenaar pakken of de seks ervaren?

De halklok sloeg middernacht en ze stond aan de grond genageld voor het bord, haar hart bonsde in haar oren. Haar ogen dwaalden over de gezichten en pauzeerden een paar seconden om ze eer aan te doen. Ze deed dit voor hen, voor elk van die arme zielen die hun leven hadden verloren aan mensen als de Engelsman. Door hem te arresteren, zou ze hen een mate van rust gunnen en misschien ook zichzelf. Het was tijd om te gaan. Geef me kracht.

Ze deed de deur op slot, controleerde of haar badge en pistool in haar handtas zaten en schoof in de ongemarkeerde auto die ze mee naar huis had genomen. Haar nekharen kwamen onmiddellijk omhoog, maar ze had geen tijd om het pistool uit haar tas te vissen. Rustig en beheerst stak ze de sleutel in het contact en zei: 'Hallo, Jack.'

"Hallo, rechercheur Burton." Hij ging rechtop op de achterbank zitten, hield de loop van het geweer tegen haar achterhoofd gedrukt en zorgde ervoor dat hij in de schaduw bleef. 'Je ziet er prachtig uit vanavond.'

Haar ogen verbond zich met de zijne in de achteruitkijkspiegel. 'Ik heb me zo voor je gekleed.'

"Heb je echt?" Zijn hese stem deed rillingen door haar heen gaan. 'Bedoel je dat je met me wilt spelen?'

'Ja, Jack. Ik wil met je spelen.'

Hij kwam zo dichtbij dat ze zijn hete adem in haar nek kon voelen. "Je weet wat dat betekent?"

Clarice voelde een trillende start diep in haar maag en kon niets doen om het te stoppen. Ze wist precies wat ze bedoelde en als ze dit spel niet zou winnen, zou het resultaat haar dood zijn. 'Ja,' zei ze zacht. "Ik weet wat het betekent."

'Misschien word jij wel mijn beste meesterwerk tot nu toe, Clarice. Zo'n dappere vrouw om de dood onder ogen te zien.'

'Je gaat me niet vermoorden, Jack.'

"Ik wil niet?"

"Je zou me liever neuken."

Zijn hand klemde zich plotseling om haar keel en verdreef de lucht uit haar longen. 'Ik kan beide, rechercheur. Provoceer me niet. Als u dat wel doet, vindt u de ervaring misschien niet zo opwindend.'

Ze wilde reageren, maar had geen adem om dat te doen. In plaats daarvan knikte ze en zijn hand ging net zo snel weer weg als hij leek, en ze hapte naar adem. 'Het spijt me, Jack. Het was niet mijn bedoeling om je boos te maken. Ik wilde je alleen laten weten dat ik me volledig en volledig opofferde voor je plezier.'

'Je hoeft niets aan te bieden. Ik neem wat ik wil.'

Haar geest probeerde snel te werken. Hij was nu boos, iets wat ze niet had gewild. 'Het spijt me, Jac.'

Hij leunde achterover. 'Zo hou ik van een vrouw. Onderdanig. Kent u uw plaats, rechercheur Burton?'

"Ja." Ze antwoordde zonder aarzelen. "Mijn plaats is onder jou."

Hij glimlachte in het donker, zijn pik verhardde bij haar reactie. Dit zou ongetwijfeld de beste avond van zijn leven worden. 'Je hebt zo gelijk, rechercheur. Start nu de auto en ik zal je zeggen waar je heen moet.'

Met trillende handen startte rechercheur Clarice Burton de auto, zette hem in de drive en reed de duisternis in, niet wetend of ze levend thuis zou komen.

# HOOFDSTUK XI

Ze wist niet hoe ze het deed, maar op de een of andere manier slaagde ze erin de auto te sturen, volgens de aanwijzingen die hij gaf. Een paar keer, toen politieauto's voorbij reden, dacht ze eraan om hen een signaal te geven en vroeg ze zich af wat Acosta en Stevens dachten, als ze naar haar huis waren teruggegaan om haar te zoeken toen ze niet kwam opdagen. Hopelijk waren ze op dit moment naar haar aan het zoeken, maar ze had geen hoop dat ze haar zouden vinden. De aanwijzingen die Jack haar had gegeven, leidden hen de stad uit, buiten het bereik dat de rechercheurs zouden doorzoeken en op de een of andere manier wist ze dat hij zich daarvan bewust was. Ten slotte stuurde hij haar een oprit op en beval haar de auto te parkeren.

'We zijn er, schat.' Zijn schorre stem blies in haar oor toen ze de motor uitzette. 'Waarom gaan we niet naar binnen waar het warmer is?'

"Oke." Ze reikte naar de deurklink, maar zijn hand op haar schouder hield haar tegen.

"Wacht. Blinddoek eerst. Sluit je ogen."

Ze deed wat hij vroeg en trilde nog harder toen ze de achterdeur van de auto hoorde opengaan. De verschuiving in de auto maakte haar attent op het feit dat hij de achterbank had verlaten en koele lucht over haar heen kwam toen hij haar portier opendeed. Een zacht stuk stof met oogschelpen werd op haar gezicht gelegd en toen ze haar ogen opendeed, kon ze niets zien. Zijn hand bedekte de hare en ze huiverde bij het voelen van zijn ruwe huid.

'Klaar, rechercheur?'

Burton vertrouwde haar stem niet, zo bang was ze dat ze alleen maar knikte en haar controle volledig opgaf. Ze was verdoofd; ze kon niets voelen, behalve waar zijn hand de hare aanraakte en elke stap stuurde schokken door haar lichaam, waardoor ze constant de realiteit in werd geduwd. Ze voelde een stijging in het pad, dan een trap, en toen een lange gang nadat ze door de voordeur was gestapt. Hun voorwaartse beweging vertraagde en ze voelde dat ze ergens omheen werd gemanoeuvreerd en toen zachtjes achteruit werd geduwd. Toen ze stuiterde, wist ze dat ze op een bed zat en haar hart bonsde in haar keel.

'Welkom bij mij thuis, rechercheur.'

'Dank je. Mag ik de blinddoek afdoen?'

'Nee. Ik wil dat je ze aanhoudt tot ik beslis hoe vanavond gaat eindigen.'

"Eerlijk genoeg."

Burton probeerde diep te ademen, in de hoop dat het zou helpen haar angst op afstand te houden, maar ze wist dat hij kon zien dat ze versteend was. 'Je bent anders dan ik dacht.' Hij begon, zijn handen streelden haar schouders. 'Ik had een harde vrouw verwacht, maar jij bent allesbehalve hard.'

'Waarom dacht je dat ik moeilijk zou zijn?' Ze haatte de trilling in haar stem, maar de warmte van zijn handen door de dunne stof van de jurk drong tot haar door.

En hij wist het. 'Je moet moeilijk zijn om rechercheur moordzaken te zijn.' Zijn handen bewogen langs haar armen, met kippenvel in hun kielzog. 'Wanneer was de laatste keer dat een man je zo aanraakte?' Toen ze geen antwoord bood, ging hij verder en bukte zich bij haar oor. 'Wanneer was de laatste keer dat een man je vertelde dat je spectaculair was?' Zijn vingers bewogen naar beneden en streelden haar tepels waardoor ze naar adem snakte. "Wanneer was de laatste keer dat een man je een goede, harde neukbeurt heeft gegeven?"

Clarice kon niet praten. Wanneer was de laatste keer dat ze een goede, harde neukbeurt heeft gehad? Vergeet verdomme, wanneer was de laatste keer dat ze was gekust? Het feit dat ze niet kon antwoorden was een veelbetekenend teken. "Een lange tijd." Ze antwoordde zacht.

'Een mooie vrouw zoals jij?' Hij kwam dichterbij. 'Ik weet zeker dat er honderden mannen zijn die je willen, dus waarom ben je alleen?'

"Ik ben een politieagent. Ik heb geen tijd..."

"Voor relaties?" Hij lachte. "Dat heb ik eerder gehoord. Mooie vrouwen hadden nooit tijd voor mij, vooral die hoeren niet." Zijn handen streelden haar borsten, omklemden ze en omcirkelden haar tepels door de stof. "Doe je jurk uit."

Ze begon iets te zeggen, maar veranderde van gedachten. Langzaam stond ze op, maakte het haltergedeelte van de jurk los en liet het van haar borsten vallen. Ze stond op het punt de rest van de jurk naar beneden te duwen toen zijn lippen haar tepels aanvielen, ze likten en zuigen totdat ze tot pijnlijke punten kwamen. Clarice snakte naar adem en genoot van elke lik en zuigbeurt die hij haar gaf. Het voelde zo goed om verkracht te worden dat ze het gevaar vergat en alleen aan zijn hete handen op haar lichaam dacht.

'Ik wil met je neuken, rechercheur. Ben je klaar om mijn spel te spelen?'

Haar lichaam trilde van zijn aandacht, ze duwde haar jurk helemaal naar beneden en stak haar schouders naar voren. "Ja, Jack. Laten we spelen.

# HOOFDSTUK XII

Burton was nog steeds bang. Ze stond naakt en geblinddoekt te wachten op zijn bevel zoals alleen een gretige slaaf dat kan. Elke zenuw stond op zijn einde. Elke haar stond overeind. Elke vezel van haar beefde en wachtte op zijn woord.

'Ik speel ruw, rechercheur. Kun jij dat aan?'

'Ik kan veel meer aan dan je denkt, Jack.'

"Echt?" Een dunne toon van speels ongeloof kleurde zijn woorden en ze klemde haar tanden op elkaar tegen het beven van angst dat door haar heen ging. Hij ademde met opzet tegen haar nek, de hitte deed haar rillen. "Ik kan veel dingen bedenken die je met je mooie lichaam kunt doen."

"Ik durf te wedden dat je het kan." Zei ze zacht. 'Maar waarom laat je me je niet van dienst zijn?'

'Waarom? Dat is het werk van een hoer.' Zijn toon ging in seconden van speels naar boos, iets waar ze bang voor was. 'Moet ik je behandelen als die hoeren?'

"Nee." zei Burton snel. 'Het spijt me, Jac.' Ze zonk op haar knieën en liet haar kin op haar borst zakken. "Aanvaard mijn excuses alsjeblieft."

"Ik accepteer je verontschuldiging." Ze voelde zijn laars op haar rug en duwde haar naar voren op haar borst. 'Maar als het nog een keer gebeurt, vermoord ik je. Begrijp je dat?'

"Ja, Jac."

'Goed. Ik haat vrouwen die denken dat ze mij te slim af zijn. Dat kan niet.'

"Ja, Jac."

"Lik aan mijn laars." Clarice bukte zich, wetende dat zijn voet onder haar gezicht was, stak haar tong uit en proefde een combinatie van vuil en zout van de weg. De smaak was verschrikkelijk, maar ze probeerde het niet te laten zien omdat ze zeker wist dat hij keek. 'Goed. Sta nu op.'

Ze stond langzaam op, haar lichaam trilde nog steeds. Zelfs toen zijn handen om haar lichaam gingen en zich op haar zware borsten richtten, wist ze dat de zachtheid van zijn aanraking een leugen was. De plezierige streling veranderde in een litanie van pijn, opgepikt door haar geschreeuw. Zijn vingers kneep zo hard in haar tere borstvlees dat ze wist dat ze bijna onmiddellijk blauwe plekken zou krijgen. Ze vocht tegen de drang om hem af te weren; ze wist dat dat was wat hij wilde. Dan zou de marteling nog erger worden. Zijn vingers vonden nieuwe doelen en Burton viel bijna flauw van de pijn van het verdraaien van haar tepels.

Plotseling stopte hij en liet zijn hete adem in haar nek stromen. 'Je bent behoorlijk stoer, rechercheur.' Ze sprak niet omdat ze zo haar best deed om niet te huilen, maar ze wist dat hij het toch wist. Hij pakte haar hand en leidde haar door een lange gang en hielp haar toen een trap af. "Laten we eens kijken hoe je dit leuk vindt."

Op het moment dat ze de gladde leren band om haar pols voelde, wist ze dat ze in de problemen zat. Ze probeerde te vechten, maar hij was veel sterker, dwong haar in het frame, eerst de ene pols vast, dan de andere. Ze probeerde hem te schoppen, maar hij greep haar been en klemde het gemakkelijk in een leren klem, waardoor de andere enkel er ook in paste. Nu was ze volledig aan zijn genade overgeleverd.

'Je was zo'n braaf meisje, rechercheur. Jammer dat je gestraft moet worden.'

"Nee!" Burton kronkelde met haar armen en probeerde iets in het leer te vinden, maar vond er geen. Het frame bewoog en draaide en draaide haar om zodat ze naar voren hing en een onbezonnen klik achter haar voedde haar ergste angsten.

"Ja!"

De zweep raakte het midden van haar rug en ze hapte naar adem door de snijdende pijn die door haar lichaam raasde. De zweep viel keer op keer, elke keer dat ze gilde, maar het kwam eruit als een jammerklacht.

Tien zweepslagen later was ze een snikkende massa vlees, die met haar handen rukte en nog steeds probeerde los te komen.

"Laat me gaan, stuk stront!"

'Ah, wat is er, rechercheur? Je wilde spelen en nu vind je de regels niet leuk?' Het frame kantelde opnieuw, liet haar een paar centimeter zakken en ze wist wat de volgende stap was. 'Nou, waarom laten we het feest niet beginnen?' Ze voelde zijn vingers op haar droge kutje. 'Maak je klaar, rechercheur. Ik sta op het punt je open te scheuren.'

Burton voelde zijn stoot en hoorde zijn woordeloze schreeuw. Zijn handen verlieten haar lichaam en hij trok zich uit haar kutje en nam de kooi mee. Nog steeds geblinddoekt, kon ze zich alleen maar voorstellen wat het tafereel zou zijn: bloed dat rood langs zijn benen liep terwijl het uit twee gaten in de kop van zijn pik borrelde, twee gaten die in zijn vlees waren geboord door dubbele zilveren palen die aan een zilveren kooi waren bevestigd dat paste in haar kutje. De weerhaken aan de basis zouden ervoor zorgen dat hij hevig zou bloeden als hij zou proberen het te verwijderen.

"Jij teef!" Hij schreeuwde ergens achter haar. "Wat de fuck heb je met me gedaan?" Ze rukte aan haar armen en benen en vond nog steeds geen uitweg. "Jij teef! Jij..." Plotselinge stilte werd alleen verbroken door een gejammer en ze hoorde de kooi op de grond vallen, snel gevolgd door het geluid van zijn lichaam dat ernaast neerstortte.

Rechercheur Clarice Burton hing aan de lijst, nog steeds snikkend, niet van angst maar van opluchting. Het was voorbij. Nu hoefde ze alleen maar te wachten op het baken om hulp te brengen. Acosta en Stevens zouden binnenkort inbreken. Ze hoefde alleen maar de kantoorgrappen te ondergaan als ze naakt werd gevonden. Het was nu allemaal voorbij.

# HOOFDSTUK XII

"Clarice! Clarice!"

Ze hoorde de stem van Stevens, maar ze was te verdoofd om te bewegen. Haar armen voelden aan als lood en ze was licht in het hoofd van het bloed dat zich in haar hoofd verzamelde. De leren boeien vielen een voor een weg en ze werd overeind geholpen, maar merkte dat ze niet kon staan. Sterke armen droegen haar naar een plek waar ze lag en met iets bedekt was. Een paar minuten later werd de blinddoek verwijderd, de zuignappen die eruit kwamen, gevuld met een mengsel van haar zweet en tranen.

Ze knipperde met haar ogen tegen het sterke licht en reageerde als iemand die in een flitslamp had gestaard en even verblind was. Iemand veegde een koude doek over haar ogen, veegde het afval weg en ze hief een hand op om ze te wrijven, nog steeds woedend met haar ogen knipperend. Nog een paar minuten en haar zicht was voldoende helder geworden zodat Johns gezicht in beeld kwam, zijn uitdrukking onbetaalbaar.

'John, is dat angst die ik zie?'

"Alles goed met je?"

'Ja, het gaat goed. Waar is Acosta?'

Stevens slikte en zijn ogen gingen naar een plek op de vloer. "Hij is daar."

De woorden drong pas tot ze door toen ze het lichaam zag, en toen vertroebelde ongeloof haar geest. Haar partner, haar naaste collega lag op de grond, een plas bloed verspreidde zich als een deken onder hem. De kooi lag op enkele centimeters van zijn hand, de stekels met weerhaken waren doordrenkt met geleiachtig vlees. "Tony?"

Rechercheur Stevens legde zijn handen op Burtons schouders, zijn stem laag toen er meer agenten de kamer binnenstroomden. 'Het was Acosta, Clarence. Hij was Jack.'

'Dat kan hij niet zijn. Hoe...'

'Ik kreeg eerder vandaag een telefoontje van dr. Jonathan Herbert. Hij zei dat hij de afgelopen tien jaar Acosta had behandeld en dat Jack een van zijn gemanifesteerde persoonlijkheden was.'

'Waarom heeft hij niet eerder contact met ons opgenomen?'

'Blijkbaar was hij in Baltimore op een congres. Hij kwam pas vanmorgen terug om te lezen. Toen ontdekte hij dat het Acosta was.'

Een beving begon diep in Burton dat ze niet kon stoppen en ze stortte in tranen in Stevens' armen. Ze was dicht bij de dood gekomen. Dat was niet wat haar het meest bang maakte. Het was dat Acosta al die tijd zo dicht bij haar was geweest.

'Breng me hier weg, John. Alsjeblieft. Breng me naar huis.'

* * *

De volgende dagen waren gevuld met meer activiteit dan Burton aankon. Alle media wilden praten met de stoere rechercheur die de 'Jack the Ripper'-moordenaar had gepakt, maar ze wilde er niets mee te maken hebben. Ze trok zich terug in haar huis, bracht tijd door voor de prikbordmuur met foto's en huilde onbedaarlijk. Ze had ze bijna in de steek gelaten. Ze was zo opgegaan in haar werk, in haar zoektocht naar deze moordenaar, dat ze vergat te leven. Was dat wat Angie zou hebben gewild voor haar moeder, om zichzelf af te sluiten van de beschaving?

Vier dagen na de moord werd ze bevolen om naar het kantoor van de commissaris te komen om een volledige briefing te geven en ze kwam uit de ervaring met een leeg gevoel. Het hoofd van de politie adviseerde haar om een paar dagen vakantie te nemen om haar gedachten te ordenen en ze stemde toe, nog te emotioneel rauw van de briefing om te protesteren. Toen ze langs het kantoor van de recherche liep, bleef ze even staan om naar binnen te kijken en te zien waar ze zo naar verlangde om deel van uit te maken. Stevens, Andreotti en een paar andere jongens zaten samen aan een bureau, grappen te maken en samen te lachen.

Ze kon zichzelf niet tegenhouden. Ze duwde de deur open, stapte de open ruimte in en alle ogen waren op haar gericht. Burton slikte en zei tegen zichzelf dat ze haar telefoon zou controleren op berichten en net zo stil zou vertrekken. Iedereen keek naar haar terwijl ze voorbij liep, een beetje hinkend van de helende zweepwonden, terwijl ze stil haar stille kracht observeerde. De eerste klap bevroor haar en ze draaide zich om en zag Stevens staan en voor haar klappen. Andreotti en de anderen kwamen erbij en binnen enkele ogenblikken stond elke rechercheur op en applaudisseerde rechercheur Clarice Burton voor moed.

Ze liep naar haar bureau en controleerde haar berichten, terwijl ze woedend de tranen wegveegde terwijl ze informatie opschreef. Terwijl ze de telefoon ophing, zag ze een klein pakketje in de hoek staan en pakte het langzaam uit. Binnenin was de zilveren vaginale kooi, de pinnen intact, behalve dat ze een speelgoedmodel van Jack the Ripper doorboorden. Aan de onderkant een klein briefje met de tekst: Welkom in de Jungle. Om de een of andere vreemde reden deden de woorden haar tranen in de ogen springen en begreep ze wat haar collega's zeiden. Ze was altijd een van hen en ze was speciaal voor het team op een manier die zij niet waren. Door hun mannelijkheid konden ze hun liefde voor haar niet toegeven, maar ze lieten haar weten dat er van haar werd gehouden.

Rechercheur Burton snoot haar neus, rechtte haar bureau en liep naar buiten, opgelucht toen ze merkte dat de rechercheruimte weer normaal was, mensen die telefoontjes beantwoordden, papierwerk invulden en over zaken praatten. Ze stopte bij het bureau waar de jongens waren. 'Je bent me lunch schuldig.'

"Wat?" zei Andreotti, kijkend naar zijn collega-rechercheurs.

'Ik ken de oefening. Los een zaak op, de bemanning betaalt je lunch, toch?'

Stevens lachte. "Ja dat klopt."

'Goed. Ieder van jullie is me lunch schuldig.'

Burton liep de kamer uit, een glimlach op haar gezicht en een vuur in haar hart. Ik blijf leven, Angie. Ik ga leven.